AI 和 报信鸟

陆 健
- 著 -

AI
&
Messenger Bird

辽宁人民出版社

© 陆健　2025

图书在版编目（CIP）数据

AI 和报信鸟 / 陆健著. —沈阳：辽宁人民出版社，2025.6
ISBN 978-7-205-11120-5

Ⅰ.①A… Ⅱ.①陆… Ⅲ.①诗集—中国—当代
Ⅳ.①I227

中国国家版本馆 CIP 数据核字（2024）第 083470 号

出版发行：辽宁人民出版社
　　地址：沈阳市和平区十一纬路25号　邮编：110003
　　电话：024-23284325（邮　购）　024-23284300（发行部）
　　http://www.lnpph.com.cn
印　　刷：辽宁新华印务有限公司
幅面尺寸：140mm×207mm
印　　张：4.5
字　　数：80 千字
出版时间：2025 年 6 月第 1 版
印刷时间：2025 年 6 月第 1 次印刷
责任编辑：李翘楚
装帧设计：留白文化
责任校对：吴艳杰
书　　号：ISBN 978-7-205-11120-5
定　　价：69.00 元

目 录 CONTENTS

001 / 亲爱的燕子

003 / 布谷鸟

004 / 蛙嘴夜莺

006 / 鹳的中国解读

007 / 一种叫"鹎"的鸟

008 / 梦呓中的松鸦

009 / 自然主义的旋木雀

011 / 山椒鸟

013 / 妥妥大嘴鸟

015 / 懂鸟语的石头

017 / 散步的鹤

019 / 锦鸡的话语

021 / AI 和报信鸟

023 / 小䴙䴘和大䴙䴘

025 / 雪中雷鸟

027 / 绿孔雀

029 / 黑颈阿比

030 / 绵枭落在纸上

032 / 当琴鸟的声音响起

034 / 懵懵懂懂的翠鸟

036 / 小矮人蜂鸟

038 / 简单的莲角

040 / 大勺鹬

042 / 一只抽象的乌鸦

044 / 马达加斯加伯劳鸟

046 / 关于羽毛和 AI 的讨论

048 / 一对雨燕

050 / 鲸头鹳呆傻

052 / 红胸鸲简介

053 / 又见锦鸡

055 / 鱼狗

057 / 动物园的吐绶鸡

059 / 羽毛的定义

060 / 鸟类的评价标准

062 / 帝企鹅

064 / 鹈鹕在等待 AI 写的一首诗

066 / 长笛中的云雀

068 / 隼

070 / 奔跑的梨子

072 / 远飞的大雁

074 / 离赤道最远的鸟

076 / 鲸湾港风景

077 / 不能没有火烈鸟

079 / 鸽子的家族

081 / 金刚鹦鹉

083 / 由猫头鹰引发的连锁反应

084 / 信天翁信什么？

086 / 鹰的天空

088 / 红腹角雉和园丁鸟

089 / 和平鸽与荆棘鸟

091 / 鸟的集群

093 / 麻雀和小米

095 / 鹭鸶美滋滋

097 / 身怀利器

099 / 说起杜鹃鸟

101 / 棕灶鸟

103 / 逗号鸟

105 / AI 和太平鸟

107 / 画布上的乌鸫

109 / 园艺鸟

111 / 素食主义的鸟

113 / 雄鹰图腾

115 / 北极雄雪鸮

117 / 舞娘鸟遇到捣蛋鸟

119 / 最不像鸟的鸟

121 / 神鹰

124 / 兀鹫仰起脖颈

126 / 额尔齐斯河的流苏鹬

128 / 后　记

亲爱的燕子

除了苦寒之地

几乎到处都有你的影子

你的爱

北方为你们铺满了春天

你在我家屋檐下找到旧巢

修修补补,用泥和麦秸

世界似曾相识,你们的巧手

哦,是你们小巧的嘴巴

农人的朋友,城市的客人

一排小燕子伏在窝里

小嘴一字张开成钝角

剪裁斜风细雨。你们的忙碌

还有你家的各方亲戚

都在行善事

还有借岩石栖身的

小童燕,岩燕

叼干草、绒毛铺床褥的紫燕

和把巢穴做成瓶子形状的赤腰燕

布谷鸟

一双粗糙的手

捧着十二个孔的竹筒

一只布谷鸟在半空巡游

声音从竹筒的圆孔里溢出

布谷鸟在叫醒平原

大地展示着它的丰饶

将有种子埋进大地的辽阔

秋天将裸露出它的丰收

鸟儿的歌照亮了农人的前额

河水在向欢乐流淌

亮了,那歌声。近了,布谷

它落在树杈上。它向旁边

挪动了一下。挪出来的空间

恰好可以容纳另一只布谷

蛙嘴夜莺

即使做一只鸟,也铁定要与众不同

做一只夜莺,也要做一只蛙嘴夜莺

——太让人羡慕了

八哥的小曲儿都唱跑调了

白天大家忙于捕虫子,捉老鼠

我偏偏晚上才出巢

消灭蝗虫手到擒来

我黄色的嘴巴张开

许久动也不动

口型标准

同时我从来没有口气

虫子们误以为是一朵

亮丽馥郁的花朵在开放

就自投罗网，我也就笑纳了
哈哈，这独一无二的技艺

别人学也学不去。比如穗珠鸡
它只有做穗珠鸡的份
我便高高兴兴做我的蛙嘴夜莺

鹳的中国解读

鹳在平原上、湿地上舞蹈
它们晚间
经常回到树上
或一幅中国画里面休息

文人雅士以鹳自诩
以此观之,鹳的品行
高出很多人的品行
此言当不虚也

鹳远行时把湖泊含在嘴里
它的羽毛收拢盖住了
飘雪的冬季

冰雪消融
它一条腿独立水中,休憩
任由寂静在四周散落
累了,又迅速地换另一条腿

一种叫『鹎』的鸟

如果你看到一只小鸟

有些摇晃

那么它可能喝醉了

那么它可能是一只鹎鸟

它吃的果实熟透了

发酵了,成了美酒

它个子小小的、憨憨的

馋嘴的样子超级可爱

醉了的它像一个

小小的圆球

像一个童话里的小老头

在树上站不稳也不掉下来

梦呓中的松鸦

在意大利道罗麦特山谷

有尖顶小教堂的斜坡上

小小的松鸦叫了一声

像吐出一根细细的银色钉子

把夏夜撬动。像一个警句

一个古老箴言的后半部分

它的纤细的喉管——

扁长的发光体。整个树林

霎时像亮起一盏灯笼

它又叫了一声,尾音翘翘的

南欧的夜

霎时恢复了黑,归于平静

自然主义的旋木雀

分布于一百多国家的

自然主义的旋木雀

至于什么主义

旋木雀才犯不着关心呢

乔木高大,灌木低矮

叶子青翠,叶子金黄已足够真切

——包括旋木雀背上的

黄褐色斑点和纵纹

闲适在自己的舒适度里

以它十几厘米的身长

很小的脑容量

它只喜欢这方圆几十公里的

树林。针叶林,阔叶林

对于它，一只草莓也许

像一只红色的拳击手套那么巨大

——但凡不是它遇到的事

便不是它关心的事

这些已经足够。它沿着树干

爬上爬下。它坚实的尾巴

是座椅，它淡定如禅师

它的呢喃别人不懂

它拒绝对于幸福的过度阐释

一会儿，树皮下面的小虫子

——它的餐点，就自己送来了

如果半天不露头，它就

把虫子拨弄、啄出来——

它沉浸于它旋木雀的劳动

它们的高兴、自足

来自它们从不积累财富

山椒鸟

早晨,一只山椒鸟从树上
跳下来。吸一口气
差点没打个喷嚏。它迈步在
树林里没有人踩出的路

对于山椒鸟,到处都是路
青草的香味不亚于花朵的香味
苏门答腊蝴蝶兰的香味

它转动一下脖颈
像是想起什么,又换了方向
上次在这儿吃到一只甲虫
前面不远,也许一只
蜘蛛、蝉,或蟋蟀
在等它一直都很好的胃口

几丝光线照过来

晃过它长长的尾巴

到天空看看风景吧
它腾空而起,扇动翅膀
像一个男孩子拍着巴掌
高兴得直嚷嚷

妥妥大嘴鸟

看到你的大嘴

好像这世上的所有东西

都可以下咽

伊瓜苏鸟园里的大嘴鸟

其实不是。你告诉我们

什么东西像什么

常常恰好不是什么

你的带鲜亮眼圈的眼睛

你惊人的鲜艳的大长喙

被突出，醒目

不只具有象征意义

你在亚马孙河水淋淋的树上

磨亮它。你宽阔的吻部

应该吞咽更大型的食物

就像——你像一个大亨

可是你过于憨厚

憨厚得我很想称你为我的朋友

你吃鳄梨、妈咪果、番石榴

树葡萄也喜欢,抛起一颗

用嘴巴接住。那些小昆虫

不够塞牙缝的。大嘴鸟飞着

忽然感觉自己就是一盒点心

在空中被自己拎来拎去

懂鸟语的石头

蒙古族的英雄海力布
由于一次善举,获得了
听懂鸟语的能力

山洪要暴发了
告诉村民,还是不告诉?
海力布,重承诺的海力布
不被乡邻信任的海力布

泄露天机要遭天谴的海力布
已经没得选择。乡民得救
他变成了一块石头
石头上的苔藓一片鸟语声

海力布的异能、灵性
只遗留、输送给了一个小孩

也许是个白皮肤的小孩

也许是个黄皮肤的小孩

也许是个黑皮肤的小孩

他虽然不被称作"先知"

但能预知人类危险的信号

我们要尽快找到他

我们就快找不到他了

散步的鹤

很少有比它幸运的鹤
一只中国宋代的鹤
雪白如传说

旁边是四角翘起的亭子
诗人林逋的房舍简陋

也很少有比他高蹈的书生
梅花是他的妻子
白鹤是他的儿郎

清晨他们相互点头致意
在杭州西湖孤山——
孤独的孤。一片池塘
林逋用铁锹亲手挖掘

水中有鱼，白鹤爱吃的

鲫鱼、白鲢。白鹤啄起

甩甩羽毛,仰起脖颈,吞咽

啼叫几声,一副满足的模样

那湿漉漉的足迹——

鸟虫篆像操演书法

林逋借着白鹤的羽光夜读

梅花的馨香徐来,来在他的卧榻

锦鸡的话语

你改写了"奢靡"
这个词的词性

有多少爱,贮存在你的身体里
才能长得如此俊俏模样?

赤、橙、黄、绿、青、蓝、紫
汇聚在如此小的面积上
而不相互冲突,可见造物之用心

响亮的颜色,纷披。光彩夺目
夺目就是人的眼睛不够看了
你却一副早知如此的样子

大师的杰作。你自己的杰作
大自然的动情处

诗人说：诗到语言为止

其实，诗到锦鸡的羽毛为止

才更靠谱一点

什么叫

带体温的大彻大悟的艺术学？

它腹部的羽毛血红

背部绿色，装饰的金黄

金色丝状的羽冠。它的鸣叫

堪比李贺笔下的"昆山玉碎"

它的带微型锯齿状的叫声

轻轻锯着草坡的黄

草坡的绿

近处的江河，远处的大海

都在跟随固有的节律，在荡漾

AI 和报信鸟

报信鸟大喊

着火啦！着火啦

是俄乌间的炮火？

中东的战火？

报信鸟大喊

着火啦！着火啦

是山火？电火？

人们慌忙扭头看自家房子

新盖的楼层在加防火涂料

也有人头都不抬一下

以为 AI 恶作剧，放录音呢

着火啦！着火啦

人们肠胃催生的虚火？

被压抑与被侵犯

而生出的恼火，发出的怒火？

AI强势进入思想，会合了

正常的体温？还是把大脑

煨热了？烤熟、烤焦了？

人们真聪明

人们是不是太聪明了一点？

幸好还有报信鸟

小鸸鹋和大鸸鹋

澳洲草原。鸸鹋的家
它们的应许之地——是
上天给它们的活下去的机会

它们吃树叶和草叶
偶遇加餐,吃蝴蝶、飞蛾的幼虫
如果饿急了,它们的尖喙
也插进农田,插进农民的饭碗里

鸸鹋抱紧它们的名字

身上的羽毛像干草的颜色
视弱?眼睛白内障?
而非像学问家杜撰的——
视觉中恍惚飘过历史的烟云

从绿色蛋壳里生出的

带棕色纵纹的小鹀鹬

它们怎么想？或什么都没想

它们细细的脚趾，将朝向何方？

那食物更加丰沛的所在

雪中雷鸟

雷鸟。我没见过雷鸟

可是什么都无法阻隔

我想一只雷鸟

没来由地想

一只普普通通的雷鸟

个子不大。它在亚洲、欧洲的

苦寒高山区。夏日

褐色羽毛鱼鳞形状

冬季,换装为白色

假如危险来临,它躲入雪里

只露出脑袋。多么无辜的生命

人群中的我,想它的孤独

想它的小,非凡之活力

老迈地拖着脚走路的我

想它的蹦蹦跳跳

无缘无故地想它

想它的这短短时光

眼前亮了不少

绿孔雀

高种姓禽类。君临天下

热带区域的国王之相

国王的太太王后之相

蓝孔雀——它的兄弟

被端上餐桌了

它只是淡定地问了一句

怎么回事？倒也不是大事

可是为什么没征得我同意呢？

人类屡屡有僭越之嫌

爱好和平的绿孔雀

雍容华贵，又满腹经纶

千年，沉浮。闲庭信步之瞬间

感受到威胁时尾扇开启谓之开屏

鸣禽中最炫目的魅力展现

抖动，吓走那些豹子、狐狸

紫、蓝、红、褐、黄
登峰造极的美是它的武器
它骄傲的资本无可非议

它的数量已经稀少
它并不情愿一定要躲进
动物保护法的括号里去

既然是国君，既然乱云飞渡
无惧杀伐。普天之下莫非王土
它尾翎支起——挺举，优雅祥瑞
看天下也被天下所看

黑颈阿比

饥饿时它的智商

陡然降低了百分之二十五

胆量却上升了百分之二十八

它的狩猎对象营养价值

的增加,更是前所未有

它一个猛子扎进四十米深的水里

应该说它的脚爪

在水里比在岸上更具观赏性

它刚刚吞下了一条小小的玉筋鱼

其长度水族邻居们都没看清

接着会有更多的美味的

它高兴得大叫,用它的灰蹼

在海面上盖戳,盖戳

绵枭落在纸上

深夜的寂静中，绵枭伫立

夜被放大，莫名其状、其妙

"静"也成了致命的凝固状态

落在纸上，非它所愿

薄薄的纸。绵枭小而锐利的眼睛

直接就穿透了它

飞出被遗弃的谷仓

或人们的旧房子

落在树上，如同回望

它的脸和弯月正好拼出一个圆形

旅鼠、圃鼠奔跑于

洞穴和绵枭的胃口之间

风的簌簌，明朗了它的情愫

敏捷的绵枭

像一个调皮的孩子，抬抬下巴

带点小小诡异的绵枭

我画完一幅绵枭的写生画

可它飞起。纸上一片灰白

没人能证明它曾经来过

当琴鸟的声音响起

无与伦比的模仿能力

风的声音,各个鸟类的声音

甚至盛满美酒的水晶杯的声音

都是琴鸟给出的声音

那超出身长的尾羽,竖起

如古希腊的里拉琴——那

阿波罗和卡利俄珀之子

自带光辉的俄尔普斯的乐器

那些曾经经过时光的音乐

并没有走远

美如萨福那离胸脯很近的诗

它歌喉婉转,它飙出高音

引导悉尼歌剧院里出来的人群

人群满脸陶醉,眸子明亮

如河蚌开启,刚刚生出的珠子

一只懵懵懂懂的翠鸟

一只懵懵懂懂的翠鸟

在斯里兰卡的小溪边

它还在刚才的情绪中

没完全恢复

是否有饥饿感尚不清楚

这只刚刚完成交配的翠鸟

有些懵懵懂懂

它遇见一条懵懵懂懂的鱼

它们对视,动也不动

双方都以为对方是自己的倒影

鱼还不知道自己的危险

是不是和自己的身体

一样的长度

翠鸟灰翠蓝色的背抖了抖

它们的对视，刹那之间

结束了整个过程

小矮人蜂鸟

岩石说：昨天——

可能它说的是一万年前

它说它见过恐龙

我们也没有理由不相信

而一个阴雨天

对于蜂鸟已经太长了

远方的一丝鸟鸣落下

像近处流淌的一滴蜜

蜂鸟。暮春的溢彩阳光

小矮人蜂鸟，无垠的光照下

在它袖珍的概念里

世界太大，但是食物刚刚好

它比夏威夷的吸蜜鸟，还精致

小矮人蜂鸟,以它极限的速度

吻向比楚王的宫女还腰细的

花茎。似抱非抱的姿态

舔食——花蕊的精华

叩问它的隐秘

又像是对花朵的一次喂养

翅膀扇动。动与静

在方寸之间的舞台展演

镇定与焦灼。在凝视中

这天地间的一小团温暖

一小团、只有 4 克的毛茸茸

和别人感觉不出的——

那一点点软

简单的莲角

它奇长的尾巴流线型

体态轻盈，50厘米——

用人的长度单位丈量的结果

莲角才无所谓呢

它长成啥样，那个样子

就是最好的样子

分得很开的四趾，很难想象

它能自如地行走在莲叶和菱叶上

这既是技能，也是一种不得已

搜寻昆虫和蜗牛

讲究蛋白质，营养的补充

很专注，注意细节

它对应了天上哪个星座？

它飞起来，长长的双腿垂下

像拖着两根干树枝

拖着天命，顽强向上飞

像干树枝也并不妨碍别人

它也不贬损一只斑鸠的懦弱

大勺鹬

大勺鹬散步

走步。有点像走台步

也许它还没吃饭

沙滩散漫。沙滩

是不是辽阔并不重要

食物是否充足是第一选项

弧度很小的长长的尖喙

反嘴高鹬是个愚蠢的家伙

它那长嘴的弧度反方向

像是为了好玩才这样的

大勺鹬的网格图案的羽毛褐色

它散步,无端散步,溜达

水塘或水湾

叩问一下螃蟹的青色的壳

蜗牛的触角频频做着

低等动物的摆动和抽动

哇，迎面来了一匹庞大的鸟

想把我当午餐

大勺鹬瘸着腿，假装受伤

假装落荒而逃——

使它的幼崽得到保护

像把强敌引开巢穴的千鸟

所做的那样

一只抽象的乌鸦

鱼的记忆六秒

芦苇的记忆不曾被测量过

乌鸦的记忆有效期四个月

时间过去许久,它还会

召集大批同伴

扑击那个伤害过它的人

乌鸦的黑是原罪

叫声被比喻成不祥

语言的垃圾尽可以

往它身上堆。恶魔般的存在

乌鸦被掏空,它的食道

和泄殖腔。它的颈椎、尾椎骨

无一例外都不道德

它被驱赶,孩子也用竹竿打它

一幅用铅笔绘出的线画

它周围的世界如何去白?

一些鸟类灭绝了

它们是不是被抽象死了?

乌鸦在百年老宅的树顶盘桓

是谁留下的阴影划过?

马达加斯加伯劳鸟

马达加斯加岛四面海水
马达加斯加伯劳鸟
四面是或疏或密的树林

马达加斯加伯劳
吮吸花蜜。会爬藤的茉莉
丁香，兰花，许许多多
它还喜欢小小的变色龙
和面包树

它忙碌着捕捉昆虫
雨林里的昆虫几百种
青蛙被它吞掉了一半
后腿还在弹动挣扎

它蓝色的影子在枝杈上
眼前的这只树蛙并不怕它

它刚刚饱餐一顿

显得有些笨,有些恍惚

它象征性地追逐几下

树蛙并不十分惊恐地——跳开了

讨论关于羽毛和AI的

我在临窗的电脑前工作

喜鹊、乌鸦、麻雀

履行各式各样的叫声

关于AI，它们的意见无法统一

我想，科技力量为我分担不少

儿子说，好啊，大名鼎鼎的美国

可以推举一个AI产品当总统

严苛的老师、懒惰的父亲

唯有不甘地退出历史舞台

好是好，人们都成为下脚料

大数据的奴隶。数字经济

货币也成为印刷机的虚无

麻雀一整天聒噪，催促
"羽毛不能沦为一枚芯片的餐点
请思考这些性命攸关的事情"

天暗下来，喜鹊结束了
白日尽头的最后一次啼叫
窗外已是乌鸦的颜色
灯火装饰着点点光明

一对雨燕

一对雨燕,在晴朗的天气
仍然高歌不已
一对雨燕,像指挥家的一双手
四周,音乐静寂

旋转的星球,每一刻,每一帧
都像静止。这乱哄哄的地球上
也有纯粹,正直和果敢

自然的力量,像对我们的责罚
像一位有爱心、胸部饱满的
教师,给我们留出向上的余地

雨燕的羽翼如刀
把风切割成一条条、一<u>丝丝</u>

它的捐躯一样的飞翔

人们的逻辑、道理

呼吸似乎顺畅了些

蟾蜍扒着池塘边哼哼

虽然声音不怎么悦耳

——曾被反复忽略

却也无伤动物们的黄昏之大雅

鲸头鹳呆傻

鲸头鹳清早起来,做的第一件事
就是发呆

今日,还是昨天的样子吗
还是像昨天的时间的剩饭?

我是否重生到另一片沼泽?

下雨了,自认为是美女靓男的
秃头鹳丢了魂一样往家跑

我堂堂一匹鲸头鹳
竟也淋成落汤鸡
早知道像雨伞凤头鹦鹉那样
头上直接长出一把伞,就OK

它对着早餐发呆多时

哦，这早餐可是快中午了

它该把饥饿从喉咙里掏出来

塞进食物里去

鲸头鹳因为笨拙，因为

对随时来临的祸患茫然不知

等等——深不可测的等等

所以只能蹑手蹑脚地

把自己拖进濒危物种的安乐窝里

红胸鸲简介

红胸鸲在英国又名

红襟鸟、知更鸟

众人皆知。长 15 厘米左右

绅士淑女无不喜爱

食性较杂。尖喙的发音

圆润如珠,纯正的美声唱法

好斗——当然是为尊严荣誉

那种好斗。英勇,刚劲

像伊顿公学毕业的贵族后裔

眼里不揉沙子,领地意识满满

1960 年全民投票——国鸟

几乎全票当选。在英国

君主驾崩或退位、逊位

首相有更迭、任期或遭弹劾

但米字的国旗不变

国徽的盾牌、狮子、王冠

独角兽、竖琴不变

红胸鸲的国鸟地位,妥妥不变

又见锦鸡

见到锦鸡你才知道

什么叫美艳不可方物

它身上散发的光芒

幸运时,你可以顺手刮下金屑来

锦鸡,像笔画繁文缛节的

一个汉字。它从巢穴里跳起

刚刚升高的那一刻

是它最惬意的时刻

好像整个山岗都不够它歌唱

它们双双被惊飞

像状元殿试时的一个颔联

尽管它并非飞得最快

但那速度，刚好可以让你

充分看清它的秀丽

这时你的视觉恰巧有食欲

鱼狗

你在水塘边的绿植中

发现一小片蓝色

没准儿,隐藏着一只鱼狗

鱼狗不是鱼也不是狗

这么漂亮的鸟叫鱼狗

是给它取名字的人的错

反正它也不在乎

不在乎这里是安徽还是江苏

它等待鱼儿像提前

来到约会地点,等待佳人

鱼狗的耐心一流

它突然蹿出——从绿叶后面

像一个破壁而出的险句

它俯冲,但霎时刹车

停留在半空,悬垂

——因为鱼儿惊走了

第二条鱼儿近了

它的计算能力出众

又足够地自控

相当于一个数学家

加上一个狙击手的自律

它当然成功了。它得到了鱼

——那是它的餐饭

它也吞食小蛇

也怕被一条大一些的蛇吞掉

动物园的吐绶鸡

那些喜欢七嘴八舌叫唤

不爱思想、受困于

自我的身体的鸟,不是鸟

它们只是一个个会飞的鸟笼

——作这些思考的,是一只吐绶鸡

它曾经在树林里跑动

往山坡上飞,冲刺。它妖娆华丽

背上布满珍珠似的白色斑点

这些奔跑的珍珠,飞翔的珍珠

或许可以称之"自由"的珍珠啊

把人间的珠宝衬托得一文不值

它现在有些落寞,皮毛懒得梳理

晃晃身躯,丝毫不顾及

买了票来看它的人们的感受

怀着巴峡连绵起伏的心情

它从窝边的枯树枝上跃下

迈着六亲不认的步伐

朝笼边靠近，扬扬红冠

忽然它"哇"地大叫，吓人们一跳

它打开胸前耀眼的肉囊

炫过一回，使这个乏味的正午

变得勉强可以忍受

羽毛的定义

地球已经不好办了

喜鹊可以是国鸟,乌鸦也可以是

孔雀美得好像不真实

美得有些过分,让人承受不住

它从不参与争执

不发表关于艺术的意见

关于存在主义的意见

只挠挠那喷喷香的头部

在她眼中,别的鸟

不善思考,姿态也乏善可陈

鸟是天空的小数点

鸟只是鸟儿自己的

省略号中的第五或第六个点

喜鹊衔来垒窝的树枝

在空中发了芽

鸟类的评价标准

没经过检验的,不要信

直观,感性。至于能否抽象

要视具体情况

民以食为天

人为财死,鸟为食亡

鸟如果不吃东西,消失得更快

小国寡民,理想状态

假如鸟类出现之前

就有了烟囱林立的工业化

楼房覆盖地表,鸟类将拒绝出现

鸟类的迁徙,证明它们

也属于国际主义者呢

人类把鸟中的抢劫者称作军舰鸟

鸟把人类中的强盗、做空他人钱袋的

家伙们称为嗜血者、魔鬼

喜欢在树巅、钟楼上筑巢的

鹳鸟，不眺望，或者不闻钟声的

它们会和上夜班的歌者

与舞者一起睡不着

印度洋马鲁古群岛的罗罗鸟

已经告别我们四百年了

死在它们的生命运行图上

传说中的凤凰仍旧是个谜

阿根廷的棕灶鸟

在一千比索纸钞

和在树杈上做巢，做得同样好

帝企鹅

把老去的春天背在身后

时间被冻结

蓝色从它的背后升起来

敲打起来硬邦邦的蓝色

天空倾斜状

它的翅膀更像是鱼鳍

诸侯坐北朝南，它们坐南朝北

它和它的同类——

或者叫同伙。它们对管理国家

或者称霸鸟类世界没兴趣

它们在风雪迷蒙中行进

如同流放地比遥远更远的贵族

繁殖期，雌性、雄性相互发号施令

它们生气了，会像踢足球那样

踢自己的鹅蛋

它内心的火苗

如何在严寒中持续地燃烧

只有它自己才能看见

鲣鸟在等待写的一首诗

鲣鸟体型庞大——

大,当然还没到大而无当的程度

鲣鸟在淡水中

也适应海水里的生活

只要是地球上的水,它都欣然接受

鲣鸟求偶时期,毛色微微泛红

肾上腺燃起隐约的火焰

它夏天迁徙至欧洲多处

它说什么语言?它不告诉你

它笔直地冲入水中。它知道

需要比自由落体运动

比自由更快

才能把控命中率

它求爱,孵蛋。幼鸟

探囊取物般从母亲口中攫得食物

它量身定制的大长嘴
是私塾先生击打学生手心的板子
那般长短宽窄

它在等待一首关于鹈鹕的诗
指名要 AI 来写。它有点傲慢地
回头瞥了一眼近期几本诗刊上
秋叶飘零的目录

长笛中的云雀

云雀发声,响亮

远处竹子的声音

反复擦拭过的纯金属的声音

抚摸着一串珠子

铺向瓦拉几亚平原

舒展。清亮的圆形小屋子

一样,有风穿过

有微澜波动,于登博维察河

拐弯处,粼粼的水

如一排排轻吟的舌尖

鲜花开在两岸

歌声把阳光拉成丝线

刺绣伯尼亚萨森林的翠绿

此时云雀的歌也浸染成钴蓝

它俯身接近闪闪发光的树木

它攀高。蓝天洗濯了

雷雨的黑，云越来越清洁

巍巍的丛山一览无余

隼

隼在高空中，动也不动

蓝色的风已经刮过了
云朵灿烂过
已赶往其他地域区间灿烂

千里万里，消失了别的禽类
甚至不见食物——
被饥饿喂饱的食物
四周悬挂着高能见度

被仰望的事，非它所想
一切，一目了然
在那更具权威的存在面前

空旷。它陪伴着寂静
时间的眉骨

此时的具象打败了抽象

这种空，并非一无所有

赞美的词，和诋毁的词

都干涉不了它

奔跑的梨子

无翼鸟,像一只奔跑的梨子

一只梨子怎能跑过

赤脚的和穿雨靴的人?

逃过体型巨大的同类

刀刃般的口器、利爪?

丛林动物和人的食欲

通常比他们的脚步快数倍

消息报道:全球只剩下

唯一的一只——无翼鸟

天地为之——失色

无翼鸟没读过报纸

也没在新西兰哪一段电视新闻里

瞅见镜子中的自己

疲惫、衰竭

它绝望,它不住呼唤同伴

它以为绝望能让昔日的时光

回到面前来

它尾音长长如一串名单

尖嘴垂耳鸭、银冠灰鸽

白领鸬鹚、大海雀、渡渡鸟

更多,北极、亚洲、大洋洲的

岛屿上,凶险蛰伏

一个不小心就是灭顶之灾

这些鸟,这些

被大海遗弃的时光之血点

远飞的大雁

这有灵性的鸟儿,飞翔

晴空因为它们

而万里

受着比地球更高的星辰的

眷顾

头戴遥感器,飞

"人"字形队列,暗示着

与人类命运的关联,暗合

不是由于种群的退化

由英雄主义的鸟,消极为

享乐主义的鸟——它们也不是

它们经历了

埋藏排污管的水源

变质的草籽,不怀好意地

投入它们的胃囊

它们拨开雾霭的动作

显然比过去缓慢了一些

从北半球到南半球

迁徙的壮举

比早些年,也迟缓了一两天

它们引颈鸣叫

像是告别。凄厉声声

那河滩上掉队的兄弟

已经无力回应

离赤道最远的鸟

北极燕鸥

出发了。它瘦小的身躯 120 克

一个幼童的手就能轻轻托住

红喙红足,黑色的帽子

在高空中闪过。它渺小到

我们几乎看不见

它要从南极去往北极

小小的翅膀,小小的食量

它惊天动地的大志向

每天 550 公里,翅膀拍动

它的宏观意识,借助气流

S 形飞行图。目标——

在 4 万公里开外

操心的命。操心的鸟

小小的喙,小小的爪,忙碌

总放不下对南极、北极的忧心

它看到北极,安好

又要去南极,看看南极是否安好

鲸湾港风景

一位黑皮肤少女

手搭凉棚朝鲸湾港眺望

摇晃着她胸前的两只青芒果

白尾海雕在飞,在打旋

每天上百次剐蹭水面

它的脚趾上套着一枚戒指

它给操劳生计的人们

看它的悠然

太阳明晃晃。戒指金闪闪

是用兰德金矿的金子打造的

每天傍晚,一位男子来到码头

向着大海呼唤。刚刚进港的船上

是不是来了他的有情人

不能没有火烈鸟

不能没有火烈鸟

不能没有

灰色的、穿红靴子的鲣鸟

不能没有,穿上

最华丽的衣服就不肯脱的孔雀

不能没有火烈鸟

不能没有白尾鹫的

外貌勇猛性格温柔

不能没有鹈鹕的喜欢吧唧嘴

和白颊凫的窃窃私语

不能没有火烈鸟

非洲的气候已经炎热

你还要把火焰披在身上

在滩涂上留下

随意涂抹的大智若愚的文字

显现出生存本质

热烈豪放的性格，往返奔突

近乎疯狂的节奏

从心里往体外放火

提升了这世界和人心的温度

不能没有火烈鸟——

爱跳弗拉门戈舞的火烈鸟

鸽子的家族

鸽子，无出其右的大手笔啊

若非看起来乖巧可爱

赳赳然堪称地球霸主

凡是有土壤和水的地方都有鸽子

全世界的鸽子集中在一个城市

能把这城市的天空压垮

鸽子扩张的策略高明

它的同类，乌鸠、雉鸠、斑鸠

鸣鸠、金鸠、锦鸡鸠、钟馗鸠等

种类名称能从巴拿马排到巴黎铁塔

再排到威尼斯、哥伦比亚

它在树枝上做了一个抓握的动作

它的化装术，技术含量顶级

它悠闲踱步，肆意回旋，弥漫天下

无不是以和平的名义进行的

和平鸽,和平鸽。可惜

这世界多鸽子而少和平

这世界常因战火而蒙羞

这是鸽子所不愿看到的

鸽子叫声落处,还有别的鸟

金刚鹦鹉

我说，金刚鹦鹉挂在热带地区

沿赤道南北的纬度寻找

它们也许会接见我们

鹦鹉说，什么"挂在"？住在

我说，金刚鹦鹉住在枯树枝上

鹦鹉纠正到，我们有巢穴

只是在枯树枝上停留和远眺

你们过于强势，不像是鹦鹉

鹦鹉不满，鹦鹉是大种群

种类繁多，不是谁都可以忽视

我说，你们是鹦鹉而非金刚

鹦鹉不满：我们以水果为食

但是，把你的鼻子靠近一点试试

看能不能揪你一块肉下来

人们饲养鹦鹉如今屡见不鲜

但人们给它们起名鹦鹉

它们颇不以为然

AI的办法多。让它给金刚鹦鹉

再起个新名字

鹦鹉们居然恨恨不已

由猫头鹰引发的连锁反应

阴暗面也是自我的一部分

一棵椴树上滑下柯克柯克的梦呓
那音韵的棱角，尾音清晰

猫头鹰的梦呓也是有性别的
在这谈情说爱的季节

昏昏欲睡的猫头鹰
和飞扑的、行动中的
同一只猫头鹰好像不是同一只

一只田鼠，鼠目寸光的鼠
被抓住头骨，头痛欲裂眼冒金星

——天上的金星
懊恼且无奈地，也叫"金星"

信天翁信什么？

在地中海海边

听说有个渔村着火了。人们

差点把信天翁当作无人机打下来

这鸟类中的大佐——

这蹩脚的比喻

信天翁飞，路过巢穴

顺便瞅一眼悬崖上探头的

自己的雏鸟

水下乌贼连忙下潜

纵使那信天翁长得再漂亮

信天翁被一首诗发现

这下可倒了霉

那波德莱尔的船上，它跛脚

水手们拿冒着烟的法国烟斗

逗弄它躲来躲去的带钩子的嘴

饿着肚子的信天翁

几天都在犯肠胃炎

这时候无论夏威夷还是

南乔治亚岛的畅快，都太远

鹰的天空

有鹰的天空才配叫作天空

天空的背景是苍穹

苍穹的顶上沉默着不可知

大师气派。淡定。鹰在布道

敞开自己的情感区域

对着群山。它向苍天问

廉颇老矣,尚能饭否?

那声音的壳,裂向两侧的山巅

这旧日的勇士,箭矢一般

飞向历史的记忆深处

它呼吸,排便。云上的泄殖腔

太阳像天空皮肤上的一块红肿

鹰和雕相搏，如神祇在空中击掌

咕咕的声音，嘎嘎的声音，空旷
土地广袤，悬崖上有它的家
让下界众生，把自我抽象成虚无

红腹角雉和园丁鸟

这些都是美学啊
红腹角雉的脚趾。园丁鸟的脚趾

东亚距离澳洲,距离
新几内亚很远
红腹角雉的雄性
是要求偶的,园丁鸟也是

头上长着乌黑发亮的羽冠
羽冠的两侧长着一对钴蓝色肉质角
雌性好喜欢

园丁鸟修建凉亭、装饰求偶场所
那凉亭简陋归简陋
可经济手段很好使
雌鸟也并非拜金女

它们入对成双,它们繁衍后代
精神和物质,双管齐下

和平鸽与荆棘鸟

和平经常被打脸

还有不少人蔑视和平

那位名叫毕加索的先生

心里藏着很多不世出的美景

比他热爱的美人还美

其中的和平鸽,打开

他的胸腔就扑棱棱飞出来

盘旋在时间上空

他很为鸽子的未来揪心

雪白的鸽子

新娘的婚纱一样白的鸽子

她的柔情不断被人类挥霍

他望向南美的灌木丛

一只荆棘鸟在觅食

　　鸟儿的花衣裳并不起眼
　　它不时抬头四顾
　　总感觉有凶狠的目光盯着它

　　猛禽与野兽，与荆棘，与鸟

鸟的集群

鸟的集群

海燕,鹈鹕,鸵鸟

大雁,王企鹅,读者啊

请把诗歌中的逗号更改为句号

鸟的集群

它们给自己的翅羽

种群,做了一些加法

种,属,科,目,纲,门,界

给人的数量适当做减法

减至人们不再觉得拥挤

粮食不再匮乏

生活简单得不能再简单

马赛人在规则中围猎

长长鬃毛的狮子喷射尿液

——划定帝国主义的领地

企鹅哦哦地啼鸣,穿行于风雪

它们的对,是谁之对

错,是谁之错?

一只鹰的影子低低掠过

麻雀和小米

麻雀。我每天

在阳台上撒一些小米

我手一扬,它们散开去

我手放下,它们围上来

小鸟喜欢吃小米

大鸟喜欢吃大米

——这个假设的问题

望文生义的问题

高于气象学的问题

低于人类学的问题。我说,也许

麻雀的碎片似的

闪光点似的叫声,斑驳的响动

诠释日子的可靠,岁月静好

在西方,另一个国家

堆砌了高高神庙的地方

麻雀被尊崇为国鸟

麻雀切切地叫,不是怯怯地叫

神已经分散在生活细微处

蹲在花园的喷灌器旁边喝水的麻雀

用尘土给自己洗刷身体的麻雀

普通,恰恰是它的普遍性

使它的存在成为世俗真理

平凡。笃定。生命

最好的一天只能是今天

它偶尔也飞回恺撒、屋大维时期

要问问元老院的大咖们作何感想

元老们说今天天气实在不错

鹭鸶美滋滋

天生丽质。修长的身形

鹭鸶清楚自己的优势

它自鸣得意时一只脚独立

在水中。水中有它的供养

它鱼叉般的嘴也长得无可挑剔

这是天意呢

捉到一条泥鳅,瞧

动作准确一击必中,不拖泥带水

一只绿皮青蛙,挣扎着

还真是不礼貌啊

踹了鹭鸶的鼻梁

夹一个河蚌,夹起来

想起一个力学问题

甩到旁边的石头上

重复多次,河蚌裂开了美味

饱暖思……那什么呀?
鹭鸶四周打量——
附近的美女
准备进入爱情模式
它要把自己优良的基因传递下去

身怀利器

啄牛鸟在中国巴蜀水牛背上散步
觅食,看风景。风景秀且丽

它在水牛的
黑背上炫耀自己的白
为引起一首诗歌的注意

或者招徕一头笨重、庞大的犀牛
衬托自己的轻巧。它工作细心
水牛、犀牛或站立或躺平
眯着眼作享受生活状

牙签鸟正在一条鳄鱼肩膀上
啄食虫子,剔除那血盆大口的
牙缝里的肉渣。鳄鱼的牙医
鳄鱼的痒痒挠,鳄鱼的
防备美洲豹的哨兵,好朋友一枚

至于牙签鸟的肉好不好吃

鳄鱼想没想过？很难说

也许它在等——待，等待

牙签鸟长成一头会飞的大象

说起杜鹃鸟

和朋友说起杜鹃鸟

它的灵巧。叫声清脆短促

身子不停调转方向

多动症。越飞就越美丽

越啼鸣就越美丽

繁殖阶段是它的

妙不可言的机会主义时期

这种主义

甚至灌注到生殖腔内

——把蛋生在别人的窝里

然后啄破别人的蛋

把别人的蛋推出去

摔碎在树底下

没有责任感的鸟

让孵错了蛋之后

诧异到怀疑人生的鸟

被指责的鸟。杜鹃

然后说这是跟人类学的

我说这是跟我朋友学的

朋友说这是跟

了了特特博士学的

棕灶鸟

AI 和了了特特博士

同时在看一只棕灶鸟

一个搜索了整个字库

从中拎出来的棕灶鸟

一个用眼神抚摸的棕灶鸟

刚刚用尘土清洗过的翅羽

一个说我的从词源生出的

棕灶鸟；一个说

我是它的远房亲戚连着血脉

棕灶鸟不愿在文字中选边站

布宜诺斯艾利斯的棕灶鸟

丛林里一天天长成的它

自带温度和习性的它

AI 筛选过的——将来比

棕灶鸟更棕灶鸟的棕灶鸟

了了特特博士笔下

可贴近、可共存的棕灶鸟

——在博士形而上的脑袋里

正在顽强排斥形而上

感性、自由，专注地

搭建它的家——被称作

"面包房"的家的棕灶鸟

逗号鸟

隔壁男孩——鸟类学爱好者
名叫逗号,自称逗号鸟

我找遍图书馆资料,可是哪有啊?
多少要有点依据啊

他举出有着奇怪名字的鸟
鼠鸟、戴胜鸟、鬼旋木雀
笛乌鸦,佛法僧——听起来
像个和尚,但性喜蚂蚱、知了
蝴蝶、蜻蜓,根本不吃素

还有加尔文莺,据说相当聪明
进化得好就归功加尔文吗?
——以人名命名的鸟

还有九头鸟、代表火神的毕方鸟

凤凰原先叫青鸾——虚构出来的

那为什么不能有一种逗号鸟？

我寻思，也对。既然有逗号

大自然中的确可以有一种鸟

叫逗号鸟。不过寻常遇不到

那么是不是以后地球上

会隔三差五出现一些

莫名其妙的鸟呢？

AI反问：你说呢？

唉，这些把人的脑袋

当作鸟蛋生出来的鸟啊

AI和太平鸟

太平鸟又叫十二黄

AI能造出十三黄、十四黄

到处都是黄

太平鸟额及头顶前部栗色

头顶后部及羽冠灰栗褐色

AI造的——上嘴基部、眼先

围眼至眼后黑色纹带

太平鸟的背、肩宇褐灰色

腰及尾上覆羽褐灰至灰色

愈向后灰色愈浓

AI造——尾羽黑褐色

近端部渐变为黑色。颏、喉

黑色，颊与黑喉交会处淡栗色

太平鸟腹羽、背羽同色，腹以下

褐灰，尾下腹羽栗色

AI造——虹膜暗红色

嘴、脚、爪黑色

体长 20 厘米；末端黄色

飞翔了千年的太平鸟

被 AI 瞬间完成

人们指认：太平鸟是太平鸟

智能机器人指认

太平鸟是另外一只

画布上的乌鸫

五彩的色块像缤纷的树叶

乌鸫没觉得不舒适

斑斓的色块像驳杂的鸟鸣

乌鸫仔细辨别，仔细听

它从画布上飞起

到了户外，在林间穿行

停留在一棵树上

那仿佛一棵真实的树

它仿佛并不感觉饥饿

蜘蛛结网，瓢虫爬动

一只葱绿的幼虫破茧而出

深杯状的巢穴也没有鸟蛋

它的兄弟姐妹八色鸫

好似陌生地飞过它

也只是经过。它飞回画布上

三十年前的管理员现在

仍然像当年一样年轻

博物馆的屋顶，已在破败

墙皮在脱落

园艺鸟

园艺鸟还没递交申请证书

就获得了新几内亚

澳大利亚的园艺师称号

你看它建造的房子

美观且合乎实用

那房子的形状有点像

古代中国的官帽

屋门敞开,光明正大

阳光和新鲜空气

使其道德一览无余

小小园艺鸟,很有健康意识

建造前先用树枝搭一座小塔

塔周撒一圈树叶

彰显它的主权,不容侵犯

它开始设计它的婚房

还请来它的亲戚极乐鸟

帮它出主意。安全,舒适

试唱婚曲,迎接好事到

素食主义的鸟

素食主义可不是它想说的

它——割草鸟

割草鸟只有十几厘米长

对它来说,再长就没什么意思了

咬草根、嫩叶

它嘴巴边缘长着小小锯齿

——生产工具很好使

食草,肉身

营养和运动力的特定关系

鸟类学家和博物学家

谁说的都不一定南美洲

它的口哨般的高音

快节奏的颤音

与鸵鸟隆隆的叫声

不同频，不共振，各行其是

各美其美

雄鹰图腾

雄鹰，伊拉克人仰望的雄鹰

埃及人、也门人、阿联酋人

久久肃立、举目仰望的——雄鹰

多个民族的信仰，语言中

雄鹰不可亵渎、轻慢

它的自信、力量、刚猛

还有更多人，心中的神鸟

禽类中的骏马，被突出的声音

强者的视力及其胸襟

他们伫立，他们工作的间隙

带着泪水的目光。抬起头来

用钦佩之心擦拭那携带风雨的羽翼

和平、幸福是全人类的主题

雄鹰生长在山川江河，超拔

生长在一面又一面国旗上

制作国旗的面料已不是普通面料

鹰的图案在国徽上

在年轻人喜欢的 T 恤上

咖啡杯上，帽檐的上方

在随身的饰件、挂件上

那羽毛中间位置的骨骼

它们肾上腺中的艺术水准

鸟的美丽覆盖的世界

于无边无际中弥补了许多缺陷

美因此成为一种炫耀却不过分

逾越了世间限度的对错

让很多人反观猥琐的自身

看，鹰来了，权威振翅而飞

AI 紧紧跟上

北极雄雪鸮

北极雄雪鸮首先是雪鸮

体重两三斤,体长半米

栖息于北冻土和苔原地带

这就带上了些许英雄主义色彩

当然,雌雪鸮非常配合

也住在那里

以旅鼠、鸥和鸭为食。总之

比它个子小一些的禽类

它以昆虫为零食。零下50摄氏度

气温时还保持38摄氏度至40摄氏度的热情

——错了,应该叫体温

每天捕食七至十二只小鼠。否则

不罢休——不仅填满肚肠

还有一种劳动乐趣

思想境界值得肯定

求偶时的语言表达别人不太知晓

用喙叼住或双爪抓住一只岩雷鸟

是无法缺少的聘礼

高低起伏，翻飞，优雅落地

绅士、勇士的姿态表露无遗

它背对雌性，低头以示

忠诚、虔诚，身体向地面倾斜

尾羽呈扇形，转身，把食物

喂到雌鸟嘴边，再进行接吻

接着其他动作就水到渠成了

舞娘鸟遇到捣蛋鸟

舞娘鸟的名字是捣蛋鸟起的
捣蛋鸟的名字是舞娘鸟起的

它们生活在美洲
美洲的"美"正是美丽的"美"

舞娘鸟有点虚荣，擅长搔首弄姿
不是的，不是的

捣蛋鸟攻击乌鸦，抢劫蜂巢
也不是，不全是

它吃饱之后，完全人畜无害
它和同伴追逐，它唱歌
它嗓子里有蜜糖

假如让它们互换角色

让舞娘鸟捣蛋、捣蛋鸟跳舞

会怎样？不怎么样

舞娘鸟和捣蛋鸟的名字
都是人们给起的

人们捣蛋的能力高
还是舞蹈的能力高？

最不像鸟的鸟

班会上,班主任——

那位生物老师问

大自然中最不像鸟的鸟

是什么鸟呢?

学生齐声回答:是——不知道鸟

老师尴尬。提示:奇异鸟啊

新西兰的丛林山坡

以蚯蚓、昆虫为食

也将就吃一些植物的果实、种子

浑身毛发,像是老鼠——

比较不修边幅哈

就像我们班某某同学

不提名字了,虽然他成绩很好

它——我说奇异鸟

体温比别的鸟类低

翅膀退化得鸵鸟见了都嗤笑它

不会做窝,晚间睡觉就凑合

和三百年前灭绝的象鸟

是亲戚——要不遗传重要呢

学生们纷纷望向自己的父母

它个子——说的还是奇异鸟

虽然只像雉鸡般大小

生出的蛋却占自己体重

三分之二。太夸张啦

"还不如直接叫蛋鸟"

同学安静。优点就是

一出蛋壳幼鸟就能独立生活

谁不愿给父母减轻负担呢

它土气,平凡,与世无争

不爱学习,不在乎考高分

有想当奇异鸟的同学吗?

神鹰

伟哉神鹰

鸟类中最大的一种,双翅展开

虽不像庄子比喻的垂天之云

却已是神话般的存在

它自己却不知道的 No.1

其实它知道这些。要不纵横诗学

一二百年的浪漫主义文学的清高

早就破产了,它搅动高天气流

风暴,羽翼拨开闪电——

科学的不稳定状态

它滑翔。让机械论休息一会儿

它无尽的动力源,几乎是壮举

弱小的男人在地平线上,望望你

立马变为壮士——

起码在想象中过过瘾

虽则力不能拔山兮气不能盖世

却也做了一会儿春秋大梦

锐利的猎豹一样的眼四下打量

那倨傲之态，好像随意

便可以抓起几座唐宋王朝的江山

它的实用主义的思想

不失时机地出来作怪

抓几只兔子，更实惠？

杂食性。它吃被捞到岸上的鲸鱼、

海驴等。攫取麋鹿、野狼轻而易举

加洲神鹰、淡粉红神鹰

皆其兄弟也

与欧亚旧大陆的秃鹫对视

是否可称之为一群

不同价值观的兄弟姐妹?

它们暧昧地眉来眼去?

神鹰,你不可救药地

走在了我们前面

兀鹫仰起脖颈

兀鹫秃顶。秃得恰到好处

秃得快到唯美的水准了

兀鹫豪横,它尤其自诩

身躯庞大,食量惊人

粗暴的眼神,里面

除了嗜血的进攻性,没别的

这是从它们的祖先开始的

难道理由不是很充分吗?

它喜好聚集,无非

你看看我,我看看你

天底下的大事,没啥好商量的

从皮肉里长出蓑衣,抵御

过度的光照和拔起树木的飓风

它们刀剑的羽毛,切割天空

黑秃鹫仰起脖颈,低头
撕扯死去的马匹的肠子
白头兀鹫仰起长颈
发出啸笑般的带血丝的叫喊
海滩上翻起肚皮的鲸鱼
山顶的腐肉,它都
吃得像在顶级饭店做客似的

埃及兀鹫衔起鸵鸟的蛋
摔碎,叼起来抛进食管
吞掉。粗大的脚趾踩踏
它认为可以踩踏的一切

除此还该做些什么?
它不明白,无须明白
悔过是一件无聊的事情

额尔齐斯河的流苏鹬

现在正是前去阿勒泰的季节

额尔齐斯河在漂泊着等你

那奇异的流苏鹬,等你

旅鸟们经过额尔齐斯河

这是流苏鹬繁殖的时候

雄鸟的激素从腹部升至额头

好像变身为另一种鸟

脖颈间华丽的衣领,爆炸头

在雌鸟眼中瞬间性感高大

这种曾让伊丽莎白时期

欧罗巴贵族男女倾倒的天然服饰

谁能不期待和流苏鹬的偶遇?

一些瘦小的雄鸟

一身雌鸟装扮，神奇的转换

乃是上天公允之心的传达

偶尔的窃取，解决了

寂寞宫女的需求问题

它们的神奇操作

获得弗洛伊德的助手的赞许

流苏鹬又飞往亚洲、欧洲更北部

越过很多很多人的头顶和期待

它们在你心里悄悄放入一朵花

却对和你的偶遇不甚在意

后　记 POSTSCRIPT

对机器人写诗的事情，我的关注也许不算早也并不算很晚。2009年，浙江诗人柯平兄发给我一首"写诗机写的诗"《寄给远游的布什》，我于当年11月17日回复他一首《听柯平朗诵作诗机写的一首诗》（见诗集《诗坛N叟》，线装书局2014年版）。如此作诗，在中国古人的"唱和诗"形制的大框架内，并不"另类"。前些日子的某一天，我突发奇想，试图在往年与他人"合作"写作诗歌的基础上步子迈得更大些——当然这就是与科技产品、与AI"合作"了。同时我面对新事物时免不了心有忐忑。

写诗机器人小冰的诗歌我是读了一些的，先是新奇，接着明显感觉到此类作品的成批问世，形成"群体性事件"，以至形成一种利用技术完成的"创作"相当让人不能适应。我决定对自己以前的写作方法进行一次"破坏"，蹚蹚水。以牺牲自己以前创作的部分"水准"为代价也在所不惜。我打算和 AI 写作一试腕力,或者说把"撬杠"插进去,给它分解、重组,或者彻底抛开它,完全自己写——总之不能反过来,让自己成为 AI 的试水对象,丧失主体性。后来才知道我这个老家伙是多么无知啊。

写什么?茫茫世界,文字浩瀚。开垦一块田地似乎更便于耕作。我指的是有没有某一种题材范围。有的,我采用三十多年前开始的写作"主题诗集"(如诗集《名城与门》,文化艺术出版社 1992 年版)的方法;同时把目光聚焦大千世界的各种鸟类飞禽;同时下载软件,试试与软件"合作"写诗的可能性。

我对机械性的设备包括电脑的操控能力一向较弱,就请太太启蒙,然后拜计算机专家王永滨教授为师。设定题目、提示语,共同操作。不同诗歌的提示语分一句、三句、五句的不同数量输入进去。有的分别标示出现代诗、中国旧体诗、欧洲十四行诗的要求,看 AI 如何表现。也将同一首诗的题目分别输入一句、三句、五句提示语,生成文本。这些文本当然各有不同,同一题目,软件给出的也完全不是相同的诗。同样的提示要求、不同频次产生出的也是不同面貌的"诗"。令人觉得兴奋,且扫兴。我继续提出增强节奏感和跳跃性的指令,具体诗行数量的指令。这些对于 AI 来讲,自然并非难事。自然我就拿到了形形色色的"作品"。可是它对于我的"艾略特风格""聂鲁达风格"的要求却"充耳不闻"或者"无能为力"。除了多少带点扭扭捏捏的《诗经》味道的"中国旧体诗"之外，AI吐出来的其他诗作、诗句几乎全是类乎西方维多利亚时代的断简残篇。语言上，吞吞吐吐的含义方面似无大谬，但那种"文以气为主""气韵生动"和它完全不沾边。我对此其实多少早有预料，毕竟AI不是人，活色生香的生命特征宛然的诗它哪里去找？当然我还不至于不懂得科学技术发展趋势、软件功能不断提升的道理。假以时日，它又将如何？

我的尝试正是基于对人工智能的前瞻及担忧。计算机专家说，现在AI产出的诗歌所以呈现如此面貌，可能材料库里那个时期的作品比较多，或者和模型设计、材料输送、设备掌控等也有些关系。总之他说他也不是都明白，人工智能的发展着实太快。但是AI的作品是可以做"风格化""角色化"设计的，通过"个人化"的内容生成，完成"指定产品"。

好一个"指定产品"，届时完全有可能被认为是未经发表、未被发现的大师"原作"。甚至真的是原作。过于惊悚吧？

这就是将来会出现的AI"创作"的诗歌作品，可与大师伦并等？是不是这个"将来"就是明天？人工智能的发展速度足以使人瞠目结舌。它已经在实用性文本的生成能力方面（讲话稿、公文、论文、新闻稿件、广告语、图片等）几乎无所不能。小说，散文，戏剧，电影、电视剧脚本的"写作"方面"一点即中""倚马可待"，诗歌作为最具个人化特征的最需要活生生的人的元气充盈的文体，也将被此等的"好马快刀"大举入侵。虽然它的具有"蛮荒之力"的"原创性"眼下还不行。好像圣琼·佩斯也谈到过技术操作永远无法抵达人的丰富、复杂感受的边界——我宁愿相信是这样的。人性基础上的诗性表达软件永远差些意思。

现实再一次打了我的脸，那位多次鼓励、提点我的写作、在我遇到困难时多次施以援手的陈仲义先生通过微信转来两篇文章《诗歌文本的"革命前夜"——人工智能的"挑衅"》《诗歌文本的"智能"应对》，如同救我于"水火"。我才明白，对于人工智能方面的知识多么贫乏，我一个接近古稀之年的人简直在犯一个低级、幼稚的错误。我本想从人工智能的自动生成文字中得到一些视角变化、作品结构的异动、可供参考的陌生化语言，如此看来这个企图基本是出于自己的无知——以前我还自认为是具备不断学习、更新自我知识储备能力的人呢。笑死人了。

AI已经能够像自来水龙头一样，随时给出海量作品，尽管普通软件产出的多是些三四流作品、貌似作品的"作品"，甚至"伪作品"。但人工智能的大数据、大存量,它的汪洋恣肆的近乎"无所不能",会通过人们的休闲时光、浅阅读,影响、改变、引导大众的审美趣味。脑机接口也会首先在少数社会精英那里链接,拖引精英们的个体思维质量下降,强化其观念和思维方式的趋同性。软件的持续升级,般秘良多的《流相世界》迎来新的书写形势,即尝试刷新传统语言学的装置发射,把语言系统的源头追溯到生物学的"分子水平";且以自己的长诗《无远弗届》及近百首短诗进行求证,试图形成俯瞰中外诗歌史的"自洽体系"。以后的诗都不需要诗人了,任何人点击鼠标,让诗意自动生成文字就行了。

那一天会到来吗?会的。就像我们问,河外星系会有类乎地球生命的存在吗?答案是肯定的。但在那一天到来之前的漫漫岁月,所有的碳基生命被彻底改造之前,我们还是可以有所作为,我们还会写下去,用我们的智力、生命,穷尽我们的可能性。世界将更加复杂、难以预料、逐渐为碳基生命所难以掌控。个人、渺小的个人、短暂的个人又何足道哉?具体到这本薄薄的《AI和报信鸟》,焦灼的词汇是粗浅简单的,无法更多、更深地反映其焦灼忧虑。人类的生态环境如此堪忧,人类面对前所未有的严峻挑战,《AI和报信鸟》也只是一次短促的"报信"而已。

年轻时我仰望经典、巨人（《名城与门》），望生命的大道；中年时平视人生、人群（《诗坛N叟》），不禁嗟叹，百感交集；如今人生岁暮，我又一次仰望，望"道法自然"。鸟语喧哗，天籁之声，证明我们曾经活过。

陆健

2024年5月26日作

6月12日修改